KB071851

청어詩人選 291

그리운 어머니

山岷雨 정진권 시집

청어

그리운 어머니

정진권 지음

발 행 처 · 도서출판 **청어**
발 행 인 · 이영철
영   업 · 이동호
홍   보 · 천성래
기   획 · 남기환
편   집 · 방세화
디 자 인 · 이수빈 | 김영은
제작이사 · 공병한
인   쇄 · 두리터

등   록 · 1999년 5월 3일
(제321-3210000251001999000063호)

1판 1쇄 발행 · 2021년 7월 10일

주소 · 서울특별시 서초구 남부순환로 364길 8-15 동일빌딩 2층
대표전화 · 02-586-0477
팩시밀리 · 0303-0942-0478

홈페이지 · www.chungeobook.com
E-mail · ppi20@hanmail.net
ISBN · 979-11-5860-958-0(03810)

그리운 어머니

山岷雨 정진권 시집

이번 시집은 바보 나그네, 두 할머니의 싸움, 인생(人生)에 이은
나의 네 번째 시집이다.
시집을 출간하는 건 누군가에게 째를 내려고 하기 위함이 아니다.
시를 쓴다는 건 미성숙한 나의 인격을 뉘우치고, 통렬히 회개
하며
나 자신을 정리 정돈하는 시간이다.
수많은 시를 쓰고 여물지 못한 꿈을 그리움으로 담아 철없이
노래 불렀다.
시를 쓰고 난 이후 문학 행사에 초청을 받아 사회를 보거나,
시 낭송과 노래를 부르고, 강단에 서기도 했다.
또한, 예상치 못하게 유명 작곡가와 인연이 되어 작사도 하게
되었고,
분에 넘치는 사랑을 받기도 했다.
그러나 그 모든 것은 신기루와 같은 것이다.
나의 시가 단 한 명이라도 고독하고 외로운 영혼을 달랠 수만
있다면
그것이야말로 진정 의미 있는 일이다.
나는 여전히 어린이가 맑은 눈동자로 파란 하늘을 바라보듯이,
꽃과 나무를 보며 숲속의 새와 이야기할 것이다.
산과 들 그리고 강가를 거닐며 고개 숙인

작은 풀꽃들을 들여다볼 것이다.
이 싸늘하고 황막한 대기 속에서 같은 울음으로 진통하는
모든 것들을 바라볼 것이다.
그리하여 다시는 되돌아갈 수 없는 기억의 회랑에는
추억이라는 미세한 입자들이
켜켜이 쌓여 작은 울림으로 내 가슴속에 남아 있을 것이다.
이제 모든 것을 내려놓고 나에게 남겨진 날을 묵묵히 걸어가며,
만인(萬人)이 칭송하는 큰 바위 얼굴을 닮은 어니스트(Honest)처럼
무욕(無慾)으로 늙어가고 싶다.
마른 잎, 바람 스치는 소리에도 귀 기울이며 나지막이 살고 싶다.

2021. 봄에
山岷雨 정진권

차례

제2부 사내의 독백

제3부 개망초에게

제4부 용산역에서

제1부

열무 씨를 뿌리며

그리운 어머니

그때가 언제였던가
십 년도 이십 년도 더 흘렀다
누우런 황새기 젓갈
머리에 이고
서울역 플렛홈에서
막내아들을 기다리던
우리 어매의 환한 미소
개찰구에서 한눈에 알아봤다
옥색 치마저고리 바람에 나부꼈다

강경에서 샀다
이리에서 표를 끊었다
배창시가 불룩한
누우런 황새기 젓갈
머리에 이고 올라왔다
그 비릿하고 칼칼한
곰삭은 젓갈을
청양고추 착착 썰어
물 말아 먹었다

울 어매 계단 오르기
숨이 차
에스컬레이터 위 칸에
고무 다라이를 뉘고
아래 칸에 어매를 업어
그 괴물을 탔었다
난생처음 타기에는
엄두가 나지 않는다고
막내 등에 업혔다

이 진풍경에
상행선과 하행선
눈 달린 수많은 사람
허어연 이 드러내
손뼉 치며 웃었다

살아오면서
가장 그리운 기억이다
솜털처럼 가벼웠던
그리운 어머니

한 번만 더 업어 보고 싶다
먼 나라의 우리 어매를…

봄

어느 누가 봄이 온다
반가워하지 않을 사람이 있을까

단, 세월이라는 놈이
흘러가기에 아쉬워할 뿐이지

안 그런가 여보게나
이 연둣빛 봄을 봐요

꿈속에서나
볼 수 있는 이 찬란한 봄을

이제야 알았다오
늙어가면서 봄이 소중하다는 것을

송촌리 강가에서

찰랑이는 푸른 강가에 봄이 왔다
간밤에 내린 봄비로 물이 불었나
둠벙에 돌미나리 새순이 돋고
종달새는 걷다가 뛰다가 날아만 간다
강기슭 하우스 딸기꽃은 하얗게 피었건만
잎만 짙푸르고 열매는 없구나
딸기밭 주인은 근심이 깊어 가는데
공밥 먹는 바둑이가 미안해 엎드려 있다
낮달은 외로이 떠 있고
산 그림자 강물 위에 흔들리는데
원앙새 두 마리 한가로이 노를 젓고 있다
들꽃 지천으로 피는 강가에는
누우런 갈대꽃이 자늑자늑 흔들리고
할매를 실은 노인의 녹슨 자전거 한 대가
흐르는 강물처럼 유유히 가고 있다
오는가 봄이여
가는가 세월이여
머얼리 개 짖는 소리 희미하게 들리는 곳
달빛이 고단한 어둠이 내리면
새들도 고요히 잠드는 이곳

이 한낮의 허허로움이여
이 봄날의 연분홍 꿈이여
세월은 흐르고 나는 취한다

꽃마리

앙증맞은 토종 야생화
귀여운 꽃을 만났네
한참 동안 앉아 바라보았네
작은 꽃잎 바람에 흔들흔들
나비와 벌도 찾아왔다네
누군가의 그리움으로 날아 앉아
잣냉이 푸르게 울고 있었네

종이컵

한 번 쓰고 버리지 마라
너는 누구에게 한 번이라도 담아줬는가

애기똥풀

혼자 있으면 그냥 노란꽃
여럿 있으면 환한 금불꽃
바람 불어 흔들리는 까치다리꽃
앙증맞고 귀여운 강아지꽃

숲속의 섬에서

봄이 오면 새싹처럼 살자
바람에 흔들흔들 흔들리다가
숲속의 요정 산새와 놀자
아무도 오지 않는 숲속의 섬
여기가 너와 나의 안식처인가
밤이면 은하수 별을 따다가
인적 없는 산길에 불을 밝히고
산새도 잠드는 고요한 밤이면
연둣빛 마음으로 채워 잠들자
산과 강을 쪽빛으로 수를 놓아
산새처럼 푸르게 노래 부르자
외로움에 잠 못 이룬 그대여
까닭 없이 아름다운 숲을 보라
상처로 얼룩진 지친 영혼들이여
봄이 오면 새싹으로 다시 피어나
꽃처럼 별처럼 피어나 보자

이발소

길 건너 미장원
생기고서
손님 뚝 끊겼다
한가로운 오후,
삼십팔 년 단골 고객
황 영감 오셨네
찰칵찰칵 샥샥샥
주인 피용달씨
오늘 가새 첨 잡았다

*가새: 가위의 전라도 방언

예불(禮佛)

새벽 네 시
법고(法鼓) 소리
범종(梵鍾) 소리
목어(木魚) 소리
운판(雲板) 소리
살아 움직이는 것들을 깨운다
선방(禪房)의 모든 소리가
정지된 산사의 적막함
경건해야 되는 순간(瞬間)
새털 같은 날 중에
하루가 열렸다

나무 관세음보살

여의도 벚꽃

비 오고 바람 부니
여의도 윤중로에 벚꽃이 진다
축제가 끝난 거리는 연극이
끝난 무대가 되었다
술 취한 노숙자는 어디론지
갈지자로 걸어간다
꽃비는 떨어져 땅바닥에 누워 자고
벚나무 가지에는 흔들리는 꽃들이
털 뜯기다 만 암탉처럼
몰골이 사납게 붙어있다
가지마다 화장을 지운 병든 접대부는
짙은 마스카라를 만지고 있다
국회의사당 창으로 어른거리는 실루엣은
창밖에 떨어지는 벚꽃을 보고 있다
국회의사당과 사쿠라 꽃
잘도 어울린다

벚꽃은 피고 지는데
무궁화꽃은 진정 언제 피려나

봄꽃

봄꽃이 피고 있는데
웃지 않는 놈들은 만나지 마라

봄꽃이 지고 있는데
울지 않는 놈들은 만나지 마라

봄꽃이 피고 질 때
비로소 인생(人生)을 아는 것이다

일회용

한 번 쓰여지고 버려지는 것들이여
서러워 마소
한 번도 쓰임 받지 않고 버려지는 것들도 있다네

청노루귀

달 밝은 밤 바위틈에 너를 보았다
아무도 없는 곳에 피어났구나

푸른 밤 별 하나로 서성대다가
이른 봄 하늘에서 내려왔는가

파아란 불빛 푸르게 가슴에 남아
청노루 두 귀를 쫑긋 세웠나

풍경

봄날 선운사
양귀비 피고 영산홍 붉었다
명자나무꽃
옹골차게 똬리를 틀었다
불두화 치렁치렁
머리를 흔들어대고
산을 향해 뻗은 대숲으로
새들이 날아다닌다
안개비 흐릿한 뒷산에
비를 머금은
구름꽃이 내려다본다
아름답고 고즈넉한 산사
대웅전 뜨락에
동백꽃잎 날릴 때

또 하나의 봄이 스러진다

둥지

아빠 새도 엄마 새도
먹이 구하러 나가고
우리 형제 집을 지키고 있다
아무리 기다려도 안 오네
배는 고픈데

남대문 난쟁이

남대문시장 난쟁이는 곡마단을 거부하고
장사를 배웠더라
사람들은 면전에서 박 사장이라 불렀으나
없는 데서는 난쟁이라 불렀다
그가 남대문을 지킨 지도
육십 성상(星霜) 강산이 여러 번 바뀌었다
난전에서 꼬마둥이로
지내 온 지난(至難)한 세월이던가
온갖 고생과 갖은 수모를 겪어 여기까지 왔다
자린고비로 살아 억척스럽게 돈을 모았다
어느 날인가
아무도 무시할 수 없는 난쟁이 박 사장이
근처 대중목욕탕에 나타났다
다리가 짧아 온탕 냉탕
번갈아 이동하기 어려워
사람들 부축받으며 간신히 때를 밀고
목욕을 마쳤다
시원한 선풍기에 머리를 말릴 때,
사타구니를 가린 사내들 서너 명이 모여
박 사장을 부러워했다

난쟁이가 떠나간 목욕탕에 뒷담화가 계속되었다

"아따 저 난쟁이가 백 억도 넘는 부자라네"
"건물이 두 갠디 월세가 삼천이 넘는댜"
목욕탕 때밀이가 지나가다가 한마디 더 거들었다
"저 형님 첩이 셋이여유"

돌

돌이 되려면
디딤돌이 되어라
걸림돌이 되지 말고
평평한 디딤돌이 되어라

돌이 되려면
드문드문 놓여
걸음을 돕는
넓적한 돌이 되어라

그대가 어려울 때
눈을 감지 말고
디디고 오르내릴 수 있는
돌이 되어라

십 년 후,
이십 년 후,
그 돌이 있어 올랐노라
알 때까지 침묵의 돌이 되어라

들꽃

누군가에게 무엇을
준다는 것은
아름다운 일이다

누군가에게 무엇을
받는다는 것은
고마운 일이다

누군가에게 무엇을
베푼다는 것은
행복한 일이다

짜가 세상

밤새 바람 소리에
잠을 설쳤습니다

피카소인 줄 알았는데
이발소 그림 환쟁이였습니다

참 정치인으로 알았는데
간교한 모리배였습니다

양귀비인 줄 알았는데
개양귀비였습니다

절세 미인으로 알았는데
압구정동 붕어빵 성형이었습니다

명품인 줄 알았는데
중국산 짝퉁이었습니다

자가용인 줄 알았는데
장기 렌터카였습니다

사람이 먼저인 줄 알았는데
내 사람이 우선이었습니다

썩어 문드러진 곳에는
반드시 똥파리가 모였습니다

생화와 조화는 벌 나비가
앉는 것을 보고 알았습니다

헤프게 꾸민 웃음 뒤에는
속임수가 있었습니다

소리 없는 잔바람 소리는
한참 후에야 알았습니다

세상사(世上事) 모르는 게
약일 때가 훨씬 좋았습니다

밤새 바람 소리에
잠을 설쳤습니다

어부(漁夫)

어부는 바다를 떠날 수가 없다
어부의 몸에는 소금이 흐르고 있기에
떠날 수가 없는 것이다
빈 배에 사양(斜陽)이 드리워도
노를 저어 가는
한 폭의 그림으로 남을 뿐,
어부는 모든 것을 삭이며
숙명(宿命)으로 살아가는 것이다
자세히 보아라
마음으로 보아라
어부는 결코 고기를 잡는 게 아니다
어부는 바다의 눈물을 퍼 올릴 뿐,
망망대해(茫茫大海)로 떨어지는
외로운 별들을 퍼 올리며 살아가는 것이다

털별꽃아재비

이빨 빠진 도장구
미나리 밭에 앉았다
우물가에 가지 마라
붕어 새끼 놀린다
삐쭉빼쭉 앉아서
누구누구 기다리나
별꽃 별꽃 아재비
손뼉 치며 노래하네
보송보송 아재비
엄마 엄마 기다리지

소양증(搔痒症)

사는 게 모든 것이 가렵다
박박 긁어 피가 나도록
긁고 싶다
긁어서 나을 수만 있다면

사는 게 모든 것이 외롭다
박박 긁어 피가 나도록
긁고 싶다
긁어서 외로움을 달랠 수만
있다면

아직도 나에게 그리움이
남아 있다는 것은
아직도 나에게 쓸쓸함이
남아 있다는 것은
남아 있는 생을
긁고 싶기 때문이리라

간의 위치

바다가 뵈는 술자리
비치 파라솔이 바람에
흔들린다
아는 형님이 간의 위치를
묻는다
주색잡기에 빠진
카사노바 형님
오른쪽 갈비뼈가 아프다며
쓰다듬는다
나는 간은 왼쪽에 있다고
거꾸로 알려줬다
간덩이가 부으면
배 밖으로 나온다고도
알려줬다
그제서야 바람둥이 형님
안도하며 술을 마신다
침묵의 장기 간이 웃는다
바닷가 토끼도 잔을 들어
건배를 외치고 있다

밤 늦은 전화

선운사 참당암 숲속에서
늦은 밤 친구의 전화가 왔다
대숲 사이로 바람소리와
개구리 소리 들리느냐고
지대방에 있는 벗이 묻고 있다
봄밤은 달빛에 젖어가고
머얼리서 개굴개굴
은하수 꿈결처럼 흐르고 있다

침술원에서

어느 날이던가
허리가 아파 침 잘 놓는 맹인(盲人)이 있다 하여
새벽같이 그곳에 갔다
삼 년 만의 방문이었다
말없이 침대에 누웠는데
"시인님! 안녕하세요?" 하지 않는가
"저를 어찌 아나요?" 화들짝 놀라 물었다
삼 년 전 시 낭송을 해 준 감사함을 잊지 못한다 했다
그는 목소리만 들어도 뼈만 만져 보아도
누군지 안다는 대답이었다
침을 맞고 일어서는데 그는 말했다
"꽃처럼 별처럼 아름다운 날 되세요"
그의 인사는 나에게 한 편의 시(詩)였다
나팔꽃과 메꽃, 수국과 불두화
지칭개와 엉겅퀴, 국화와 쑥부쟁이도 구별 못 하는
눈 뜬 맹인들에게 알리는 깨우침이었다
그는 우리가 못 보는 꽃과 별을 마음으로 보고 있었다
꽃과 별은 본다는 것은
아름다운 마음의 청정(淸淨)이었다

고 영산(高 永山)

곡우(穀雨) 지나 보리밭에
비가 내린다
늙은 아배 찾아간 아들
길 永자, 뫼 山자
아버질 만났다
거북등 같은 손
붙잡아 흔드는데
아기가 된 어르신
아들 손을 놓지 않는다
날이 개면
휠체어에 모시고
꽃구경 가야지
멀리서 종달새 날고
바람에 흔들리는 청보리밭
추억을 부르고 있다

큰아들 고 승훈
옥산 벌판에 서 있다

청명(淸明)

산부인과 병동에 열 달을 채운 사내아이가
우렁찬 울음으로 세상에 나왔다
간호사의 분주함으로 복도가 활기차다
병원 창밖에는 하이얀 목련이
흐드러지게 매달려 바람에 나부낀다
갓 태어난 아기의 봄날은 백 번은 찾아오리라
미스킴 라일락에도 백 번이 넘는 봄이 오리라
아이 울음 퍼져가는 향긋한 봄날의 오후,
그대들의 봄은 몇 번이나 더 올 것인가
통만두같이 주먹만 한 목련꽃 하나가
청명(淸明)의 하늘을 가리고 있다

봄이 왔다

결

결이라는 말이 얼마나 아름다운가
고운 사람의 결을 보면
그에게서 은은한 들꽃 향기가 난다
마음의 결이란 마음 씀씀이라는 것을 알았다
일렁이는 물결을 보라
금결 은결로 출렁이는
환희가 거기 있었다
적막한 사막의 모래결을 보라
바람이 주고받는 억겁의 세월이 거기 있었다
내밀한 숨결의 이야기가
거기에 포개져 있었다
인문의 깊이와 사물의 결을 보라
인간의 무늬가 섬세한 사람은 겨드랑이에
천사의 날개가 팔랑대고 있었다
결이란 푸른 무늬의 희망이자, 마음의 향기다
결이란 꿈결의 자태가 춤추는 자장가였다
결은 심장으로 영혼을 어루만지는 빛이었다

청개구리

봄비 내리는 날,
청개구리 한 마리
엄마 찾아 산소에 간다
비바람에 떨어진 꽃잎
땅바닥에 흩어져 있다
꽃이 지고 나서 후회한들
무엇하랴
동쪽으로 가라면
서쪽으로 가고
서쪽으로 가라면
동쪽으로 갔지
엎드려 눈물짓고
돌아서던 길
영산홍 붉게 피었다
창포꽃 핀 푸른 연못
또 다른 청개구리
굴개 굴개 굴개
신나게 노래 부른다
암컷 수컷 입 벌려
노래하고 있다

인생은 뒤로 걷는 꽃길인 것을…
개구리들아
말 좀 들어라
부모님 살아생전
노래 불러라
개굴 개굴 개굴

열무 씨를 뿌리며

열무 씨앗이 이렇게 예쁜 것을
첨 알았다
열무 씨앗이 요렇게 귀여운 것도
이제 알았다
그 작은 알갱이가
흙 속으로 몸을 감추고
파릇파릇 싹을 틔우는
신비를 첨 알았다
파종에서 수확까지
몸을 낮춰 울어야 한다는 것도
이제 알았다
농부의 반복된 침묵이
아픔이었다는 것을
알지 못했다
밭고랑 같은 손등의 주름은
호미질과 갈퀴질
때문이라는 것도 몰랐다
이제 알았다
열무 씨앗이 이렇게 예쁘다는 것을
이제서야 알았다

제2부

사내의 독백

민들레 홀씨

꽃이라고 부르기에는
이미 늦었는가
씨앗이라고 부르기에는
아직은 서툰 몸짓인가
동그란 모습으로
솜털처럼 흔들리다가
후우 불면 날아가는
민들레 홀씨여
땅 위에 버려진 삶이여
애달파 하지 마오
바람에 흩날려
정처 없이 떠다니다가
어디엔가 쉴 곳을 찾아가야지
슬픔은 절망을 넘고
절망은 아픔을 넘어
추억의 강물로 배 띄워야지
지금의 시련을 딛고 일어나
노오랗게 꽃 피워내야지
어금니를 꽉 다물어야지

목련 보러 가는 날

목련을 보러 길을 나섰다
아름드리 토종 목련 나무가
은은한 자태로 서 있는
그곳에 왔다
나는 깜짝 놀랐다
밑동이 잘려 나가고
얼치기 외래종
일본 소나무가 심어져 있지
않은가
리기다소나무가 느끼하게
서 있었다
한참을 서성이다가 발길을
돌린다
있어야 할 것들이 사라진다
사라져야 할 것들이 버젓이
얼굴을 내밀고 있다
아 옛날은 다 어디갔는가
늙어 아름다운 나무들은
베어져 가는가
오고 가는 길목에 꽃잎들이

바람에 흩날리고 있다
백주(白晝)대낮에 술을
부르고 있다

샛강을 걷다가

뚝방에 개나리
노랗게 피었다
한 잎 두 잎
떨어지더니
초록 서방 오셨다
봄이 오더니
봄이 가려나
봄비에 가랑비에
꽃잎이 지더라
오리 날고
물까치 울더라

번개팅

외로운 사람들아
모두 모여라
목련꽃 피는 곳
그늘 아래 모이자
술잔에 막걸리
가득 부어서
떨어지는 목련꽃
담아 마시자
밤 되면 별빛도
담아 마시자

현호색

수줍게 피었다
가녀린 옷을 입었다
보랏빛 꿈
고개 숙여 피었다
산사에 핀 숨은 꽃
현호색
현호색
현호색

손 타지 않아 좋았다
무릎 꿇어 겸손을 배웠다
부처의 미소
너를 보고 있다
낙엽 위에 핀 작은 꽃
현호색
현호색
현호색

시인으로 살아가려면

모두가 잠든 밤
호올로 일어나
목련이 지는 소리를 듣는다
시인(詩人)으로 태어나
시인으로 살아가려면
달빛에 떨어지는 목련의
소리를 들어야 한다
하얗게 부서지는 소리를
들어야 한다
밤 깊어 침묵으로
누굴 위해 기도하는
사람이 되어야 한다
무릇,
시인으로 살아가려면
목련꽃 한 잎 한 잎
지는 소리를 들어야 한다

꽃샘추위

봄 눈이 왔다
장독대에도
새순 돋는 나무 위에도
팥빙수처럼 소복이
쌓였다
꽃눈이 얼까
어린순이 다칠까
온종일 걱정이다

냉이 캐기

한낮 오후,
그림 그리는 친구와 함께
냉이를 캐러 강원도에 왔다
인적 없는 산허리가 적요(寂寥)하다
잠자는 묵정밭에 냉이가 나왔다
봄 향기 살콤살콤 코를 찌르고
눈 녹은 계곡물 흘러내린다
한 보따리도 더 캤는가
뻐근한 허리 펴 하늘을 볼 때,
무당벌레 한 마리 호미에 앉았다
살짝 떼어주고 일어서야지
양껏 캤으니 그만 가야지

쌀, 보리, 귀리 섞어 밥을 지어
된장국에 보리밥 쓱쓱 비벼
입안 가득 구수한 봄을 먹는다
오이 맛 풋고추도 고추장 찍어
봄눈 녹듯 살캉살캉 입에 넣었다
나라님 수라상이 부러우랴
재벌 회장님 만찬이 부러우랴
올챙이배 터지게 먹고 누웠다

냉이가 남겨진 보물창고
다음 주 또 가볼까
아무도 모르는 텃밭
손이 타면 안 되는데
냉이야 잘 있어라
꽁꽁 숨어 잠자거라
오늘 밤 꿈속에는
개갓냉이 미나리냉이
황새냉이도 만날 것 같다
경칩이 지난 창가에
보름달이 차오른다
눈을 감고 냉이 밭에
다시 가 보자

갈대 빗자루

여름 무덥던 날
갓 피어난 갈대꽃이 피면
아버지는 짐 자전거를 타고
군산 장항 서천 하굿둑에 나갔다
때로는 임피 성산 김제 만경 강변에
도리구찌 모자를 쓰고 낫 한 자루
챙겨 나섰다
대나무와 부들을 꺾어
갈대꽃을 자전거에 싣고 들어와
간수에 적셔 말린 후,
찌고 말리고 하나하나 손으로 펴서
마른 기침 노래 삼아
옴팡지게 앉아 새끼줄을 꼬듯,
정성 들여 빗자루를 만들어댔다
왼손 오른손 교대하며
손바닥에 침 바르고 비틀어
힘주어 만들어진 빗자루는
누군가에게 나눠 주면 그만이었다
어머니가 바라볼 때,
얼마나 허망하고 팍팍한 일인가

혹여
따지는 날이면
걸쭉한 육두문자가 날아오기에
이미 포기한 상태였으랴
수염이 빠질 때까지
십 년도 이십 년도 더 쓸 수 있는
갈대 빗자루를 수없이 만들었다
누군가에 무엇을 주는 것을 좋아하기에
그놈을 만들어 나눠 주는 게 낙(樂)이었다
수백 자루도 넘게 만들어 주고
떠났으리라
어매의 가슴은 수백 번도 더
문드러졌으리라

강변을 거닐 때마다
새들은 날아 물 아래서 솟아오르고
바람에 흔들리는 갈대 사이로
아버지의 환형(幻形)이 웃고 계시다
막걸리 한 주전자면 세상을 얻은 듯 좋아라

아배가 나를 바라보고 있다
백 주전자도 더 사드릴 수 있으련만…
갈대꽃은 쉐쉐 거리며 춤을 추고 있다

사람

사람으로 태어나
누군가를 그리워하며
사랑하지 않는 사람은
사람이 아닌 돌이나
흙 같은 것이다

두물머리에서

날이 저물고
바람이 차다

저무는 강물에
달 떠 있는데

내 마음도 강물 위에
둥둥 떠 흐른다

기러기 군무(群舞)
합창으로 날아가고

강과 강이
만나는 경계에 서서

바람에 흔들리는
억새를 보고 있다

양수(兩水)라는 것은
그리움과 그리움이 만나는 곳

우두커니 우두커니
나무가 된다

도라지 보러 가는 길

일 년 전 어느 여름날인가
경춘가도 가는 묵정밭에서
무더기로 핀 도라지 밭을 보았다
꽃의 안부가 궁금해 조마조마하다

자줏빛 송이송이 바람에
날리고
간간이 하얀색 도라지도
섞여 흔들렸었다

파도처럼 흔들리는
도라지 밭의 출렁임
그 물결을 보러 가는 중이다

그곳에 가면 꿈도 왔다가
머무르기에
꽃대를 흔드는 여린 바람을
볼 수 있기에
후미진 뒤안길 고운 빛
찾아가고 있는 것이다

언제부턴가 꽃들에게 음악을
들려줬다
일 년 전 비틀즈의 이매진(Imagine)을
들려줬다
향기 묻은 바람이 추억의 음반을
나르고 있다

도라지를 보러 가는 것은
가슴에 남아 있는 그리움을 찾아
홀연히 달려가는 것뿐이다

진정한 친구

째를 내고 허세를 부리는 가면을 쓴 사람보다는
있는 그대로 속살을 보여 주는 친구가 진짜 친구다
힘들 때 생각나는 사람이야말로 진정한 친구다
친구는 여러 명 있을 필요가 없다
그런 친구 딱 한 사람만 있어도 되는 것이다
살아보니,
열에 아홉은 얼굴에 분 바른 연극배우들뿐이었다
배우(俳優)의 배 자는
사람인(人) 변에 아니 비(非) 자가 합쳐져 있었다

배우는 친구가 아니다

사카린

은적사(隱寂寺)로 소풍 갔다 온 날
형과 나는
부엌 찬장에서 사카린을 꺼내고
샘에서 떠온 차가운 물을
바가지에 담아
사카린 알갱이를 듬뿍 부어
저분으로 꾹꾹 눌러
몇 바가지를 녹여 먹었다
밤이 되어 형과 나는
번갈아 측간으로 달려갔다
사카린 똥은 오줌 같은
물개똥이었다

점빵

그 시절,
둘째 형이 용광로가 몇 천도 넘는
유리공장을 그만두고
제재소 옆 귀퉁이에
하꼬방 같은 점빵을 열었다
셋째 형과 나는 학교가 끝나자마자
다람쥐처럼 가게로 달려가
쥐 소금 먹듯이
야금야금 과자를 훔쳐 먹었다
점빵을 연지
석 달 만에 가게가 문을 닫았다

사내의 독백

여름 한낮 원두막에
사내가 라디오를 틀어놓고
발톱을 깎고 있다
내향성 발톱을 가진
엄지발톱을 다듬고 있다
거스러미가 꺼칠꺼칠할 때
깎고 다듬어야
살을 뚫고 나오지 않는다

구부정하게 앉아
입술을 실룩거리며
발톱이 떨어져 나갈 때마다 구시렁댄다
"세상이 이상해"
"젊은 놈들이 힘든 일을 안 해"
"배들이 너무 불렀어"
"마을에 동남아 애들뿐이야"
사내의 독백은 길어지고 느티나무에 붙은
매미는 더욱더 울어댄다
사내가 라디오를 끄자 비로소 독백이 끝났다

여름이 한가운데 와 있다

자연인

숲에 사는 사내를 보았다
숲에 사는 사내를 만났다
어쩌다가 산속에 혼자가 되었는가
어쩌다가 세상을 호올로 사는가

그것은 기우(杞憂)였다
그것은 염려(念慮)였다
그를 만나보니 내 판단이 틀렸다
넉넉한 미소와 푸른 눈빛은
나무와 숲이 하나이듯이
꽃과 나비이듯 달관(達觀)의 그였다

끝없는 욕심과 집착에 눈이 먼
세상 사람들이 가난한 것이고
사내는 세상을 풍요(豐(饒)롭게
다 가진 부자였던 것이다

해질녘 사양(斜陽) 이 드리워지면
그의 산막에 별이 내릴 것이다
푸른 밤 별을 세며 소곤댈 것이다

별의 자장가처럼 나뭇잎도
바람에 흔들릴 것이다

그를 만나고 내려 온 지
한참 후 그의 말이 생각났다
머리 검은 짐승의 말은
믿을 수 없어 산에 왔다고 했다
야생화처럼 폈다가 지고 싶어
산에 왔다고 했다

어룡계곡에서

경매에 부쳐진 어룡 계곡은
풀들만 키가 커졌다
채권자의 독촉에 시달린 산지기는
낮술을 먹고 잠들어 있다
무성해진 계곡 입구의 풀들을
가위로 잘랐다
베어진 풀에서 꽃향기가 난다
계곡에 온 것을 알아챈
견공들의 반기는 소리 산을 울린다
주인의 신세를 알지 못하는
견공들은 꼬리치며 혀를 내민다
누리장나무의 씨앗이 검게 익어
소년의 눈동자처럼 반짝이고 있다
밤송이는 떨어져 가을이 깊어 가는데
낙엽만 수북이 쌓여간다
빚에 넘어가면 이곳도 이별이 오리라
물봉선이 핀 계곡에 무심한 물이 불었다

어제는 비가 내렸다

메꽃

메꽃이 피었다
유월 즈음에
한 하늘 열고
가녀린 소녀가
하이얀 교복을 입고
콧노래 부르며
웃고 서 있다

흑염소 가족

한가로운 여름날 오후,
흑염소 가족이 풀을 뜯다가
소나무 그늘 아래 쉬고 있다
사람들처럼 학교도 가지 않고
직장도 가지 않고 누워 있다
바람에 흔들리는 씀바귀꽃
흔연히 바라보고 있다

무당벌레

어디서 왔을까
차 안에 무당벌레
살짝 손에 쥐여
풀밭에 내려줬다

폭우 뒷날에

간밤에 비바람 불어 강에 나가니
살구나무 매화나무 뽑혀져 있다
덜 익은 어린 매실 땅바닥에 누워
과즙을 만들지 못해 울고 있는데
쓰러진 매실마저 따러 온 사람 있다
비 먹은 작약은 새색시처럼 붉게 우는데
새들은 날았다 앉았다 노닐고 있다
얼마 전 싹을 틔운 감자밭에는
하얀 감자 하얀 꽃 피고
자주감자 자주 꽃 피어
다행히 비바람에 살아있구나
땅맛을 알아낸 감자알이 굵어지면
한여름 한 해가 가고 말겠지

능소화

여름 소나기 퍼붓다가
호랑이 장가가는 날
그리움이 하늘가로
올라가고 있다
주홍빛 나팔꽃
구름 위에 앉았다

월문리

골짜기 은빛
푸르게 젖은
숲속 월문리에
달이 두 개 떴다

한낮의 열기는
용광로 달궜으나
서늘한 얼음골은
찬바람만 나온다

유월의 신록 짙어만 가고
홀딱벗고새는
꾀꼬리 장단 울려
계곡에 몸 떨려 운다

주인 없는 골짜기
객이 홀로 쉬는데
견공 세 마리
꼬리만 흔들고 있네

사마귀

숲속의 사냥꾼 사마귀는
뱀도 쥐도 잡아먹는데요
눈은 초롱초롱한 별빛처럼
눈부시게 아름다워요
보석처럼 빛나는 눈
영악함이 가득 차 있어요
ET 같이 생긴 암 사마귀
숲속의 헤라인가
사랑한 후에 수컷의 머리를
먹어버린대요
그렇다면
인간의 암컷은?

별이 빛나는 밤에

별이 빛나는 밤에,
고개 들어 하늘을 보라
이 얼마나 아름다운가
밤하늘 흐르는 은하수
이 얼마나 경이로운가
시퍼런 강물이 일렁이는
하늘에다 나를 띄워
노 저어 보라
별이 빛나는 밤에,
무더기 별이 쏟아질 때
심장으로 받아안으라
새로이 태어나
새로이 사랑하라
헛된 욕망과 탐욕을 버리고
정갈하게 살아가겠노라
다짐해 보라
장엄하고 고요한 별들의 행진을 보며
우주의 신비를 배워 보라
별이 쏟아지는 밤이면
작은 나를 돌아보라

쏟아지는 별을 보며
어둠 속에 희망을 보라

외로울 때는
밤하늘 별을 보라

엿듣기

초등학교 등굣길
새 학기 푸른 하늘
한 아이 재잘재잘
"애! 우리도 3학년이야"
"우린 이제 10대야"

전깃줄 참새
까르르 날았다

지구본

다섯 살 고봉이
지구본을 보고
우리나라가 너무 작아
속상하다며
엄마에게 말했다
고봉이는 우리나라가
둘로 쪼개진 것을
아직도 모른다
사람들이 지구본처럼
둥글지 못한 것도 모른다

코로나 추석

아들아 딸아이야
오지 마라 마음만 보내라
이번 벌초는 아부지가 한다
너희들은 그냥 편히 쉬거라
불효자는 "온"단다
보름달도 마스크를 쓴단다

며늘아기야
큰사위 작은사위야
이번 추석은 읋단다
뭉치면 죽고 흩어져야 산다
송편 빚을 일도 없다
이번 명절은 틀렸단다

정 서운하면,
통장번호 알지?

가을 그 쓸쓸함에 대하여
가을 그 낭만에 대하여

바람이 쓸쓸함이고
낙엽이 낭만이라면
가을에는 죽지 마라
가을에는 가지 마라
그 쓸쓸함에 대하여
노래 불러라
노래 불러라
아 가을
그 쓸쓸함에 대하여
노래 불러라

바람이 낭만이고
낙엽이 쓸쓸함이라면
가을에는 죽지 마라
가을에는 가지 마라
그 낭만에 대하여
노래 불러라
노래 불러라
아 가을
그 낭만에 대하여
노래 불러라

제3부

개망초에게

참기름

가짜 참기름이 판을 친다는
저녁 뉴스를 보고
우연히 지나가다가
순 진짜 참기름 집이라고
간판 붙은 가게를 봤다
순
진짜
참기름은 진짜일까

어느 소방대원이 하는 말

벌에 쏘인 사람
목숨 걸고 구해줬더니
석 달 후 걸려온 전화 한 통
"내 비싼 등산 스틱 없어졌어요"

묘지송(墓地頌)

사마귀 한 마리가
돌 비석에 붙어
뙤약볕을 쬐고 있다
누구를 기다리나
무엇을 원하는가
한로(寒露) 지나 바람결 차다
새벽이슬 내려
매서운 겨울 오리라
사람이 죽어서
비석에 새긴
석 자 이름 남아도
사마귀라는 삶은
바람에 묻히리
휘어이 휘어이
잠들리라
쑥부쟁이 한 무더기
바람에 흔들리고
낙엽 한 잎 떨어진다
늦가을 붉은 적막에
한낮 고요하구나
한낮 괴괴하구나

무스탕

사람이 싫다면 무스탕에 가 보라
개나 닭 소 염소와 말을 기르며 살고 싶다면
히말라야로 가 보라
사람다운 사람을 만나려거든 네팔로 떠나 보라
키 작은 관목과 수줍은 야생화를 보며
약초와 나물, 야채를 먹으며
책 읽고 음악 듣고 그림도 그리며 살고 싶다면
무스탕에 가 보라
이산 저산 이 들녘 저 들판 돌아다니며
아침 해와 저녁노을 바라보며 살고 싶다면
무스탕에 가 보라
오다가다 만난 사람이 그렇게 반가우리라
황량한 것이 얼마나 아름다운지 알리라
설산 계곡을 타고 내려온
바람에 얼굴을 문대고 지나가는 오후,
아무런 욕심 없이 살아가는 그들을 만나리라
마지막 은둔의 땅,
인간의 속살이 아름다운 척박한 땅
그곳에는 아직도 맑은 소년의 눈동자가 있다

사람이 싫다면 무스탕에 가 보라

종대의 시 낭송

사내 하나가 입을 열었다
고요한 산사
막걸리 틉틉한 건더기를
장구의 장단에 얹는다

중모리 중중모리
어여쁜 승무의 버선발
둥기둥 날을 세웠다

하늘 향해 벌린 손
창공을 향하고
노루의 슬픈 눈 마냥
찡긋 눈을 감는다

산을 휘몰아 달리던 휘모리
어느덧 초록강에 다다르자
배를 띄워 바람을 부른다

한 줌 눈물은
서러운 한을 녹여

강이 되고 바다가 되어
유유히 가슴 적셔 흘러넘치나

낭송이 끝난 그의 심장에
홀연히
한 송이 연꽃이 피었다

사내를 바라보는 행자들의
가슴에도 붉은 동백 하나
봉긋이 피어오른다

이심전심(以心傳心)
염화미소(拈華微笑)다

명절

밤사이 앓은 감기몸살
눈은 퀭하게 들어가
용담(龍膽)처럼 맛을 잃었다
명절 전후는 왠지 서글프다

전 부치는 소리
기름에 튀기는 소리
뉴스의 귀성열차 소리
고독한 축제의 시작이다

화려하지만 쓸쓸하고
번잡하지만 고독한
위선(僞善)과 위선(爲先)의
축제가 열렸다

거울에 비친 실루엣
잿빛 하늘 기러기 되어
이순(耳順)의 간이역을
날아 울고 있다

묘원에 누운 부모님
눈 감고 말이 없는데
가슴 저리는 그리움만
켜켜이 쌓여만 간다

어찌 될까

개들이
"아프다"
"무섭다"
"슬프다"
세 마디만 말할 수 있다면
어찌 될까

날만 새면
남 헐뜯는 인간
저절로
개가 된다면
어찌 될까

개가 말을 하고
사람이 말을 못 한다면
어찌 될까
어찌 될까나

개 같은 인간
인간 같은 개

꼭 한번 바뀐다면
어찌 될까
어찌 될까나

별똥별

유성우(流星雨) 쏟아지는 하늘을 보라
사선을 긋고 떨어지는 별똥별을 보라
새벽녘 푸른 옷 갈아입고서
우주(宇宙) 어디에서 내려오는가
은하수 강물 위로 노 저어 흐르다가
소리 없이 비 되어 떨어지는가
살면서 이런 광경 언제 또 볼지
불빛 없는 한적한 곳으로 떠나가보자
이제 도시라는 유령을 소등하고
밤차 타고 유유히 떠나가 보자
그리하여
그대와 나, 세상사 고통일랑 떠나보내자
은빛 가루 쏟아지는 하늘을 보고
비로소 티끌만도 못한 존재의 아픔을 알았다
그곳은
식초처럼 지친 나를 위해
까닭 없이 우는 너를 위해
감싸 주었다
별똥별 지나간 꽃자리
발 닿는 곳곳마다 추억을 심어 놓았다

그곳에 가면 그리운 얼굴이 있음을 알았다
이제 외로울 땐 고개 들어 하늘을 보리라
이제 슬플 때는 머리 들어 창공을 보리라
누구나 한 번은 별이 되듯이
생명(生命)이 다하는 날까지
두 팔 벌려 가슴으로 맞으리라
환희와 미소로 눈물지으리라

화장실의 낙서

신(神)은 죽었다
_니체_

니체 너는 죽었다
_신(神)_

니들은 둘 다 죽었다
청소 아줌마

비

사람들은 모른다
어느 구름에 비가 들어 있는지

하느님은 안다
어느 구름이 비를 내릴지

은행

은행 털러 가자
노랗게 익었다
아 가을인가

추석

추석 달 뜬다
한가위 둥근달 뜬다
경부고속도로
호남고속도로
서둘러 떠나는 이
고향길 찾아가는 이
골똘히 누워 천장을 본다
머얼리 떠나간 음성 하나

"어머니"

개망초에게

너는 왜 밑바닥 사람들을
만나느냐
너는 왜 못 배운 사람들을
만나느냐
너는 왜 가난한 사람들을
만나느냐
너는 왜 아무런 이득이 없는
사람들을 쫓아다니느냐
그가 나에게 물었다

나는 그에게 대답해 줬다
나는 그런 사람들을 만나는 게
편하고 좋다
눈물 속에 홀로 핀 꽃처럼
청빈한 서러움이 좋다고
대답해 줬다
그들의 눈빛에서는 아무런
사심(私心)이 없어서 좋다고
대답해 줬다
눈물에 젖어 꽃잎이 져도
그들은 정(情)이라는 게 있어
만난다고 대답해 줬다

가을 숲에서

단풍비 내리는
고요한 숲에
바람이 분다
숲속의 새도 잠들어
고즈넉한 숲
떨어진 낙엽에
비가 내린다
고독도 쓰러져
잠들어 우는 숲이다
그리운 이여
떠나간 이여
바람은 불어
빈 가지를 만들고
마지막 잎새로 남은
사진을 흔들고 있다
자작나무 숲도
하이얀 겨울을
기다리고 있다
낙엽 지고
눈이 오듯이
퍼붓는 눈을
기다리고 있다

노인의 독백

어느 가을 이른 바람에
한 잎 낙엽 떨어지면
먼 길 떠나가는 것이라
팔순 노인이 말했다
마지막 잎새 툭 떨어지면
누구나 예외 없이
끝나는 것이라고 말했다
바람 부는 가을날,
숲속 벤치에 앉아
노인을 생각한다
망명정부의 지폐처럼
떨어져 뒹구는
낙엽을 볼 때면
외로운 노인의 미소가 떠오른다
고독한 무사처럼
살아왔다는 노인은
남겨진 날들은 쇠심줄같이
살지 않겠다고 다짐했다
푸른 밤 별이 지고
갈 때가 되면 기꺼이

가겠다고 읊조렸다
산맥을 휘감는
어둠이 지고 날이 새면
간이역 모퉁이에
코스모스처럼 흔들리다가
가겠다고 말했다
노인의 독백은 지금도
산사의 타종 소리처럼
길게 길게 울려 퍼지고 있다

양덕현

가을비가 촉촉이 내리는 아침
낙엽 지는 숲을 거닐며 생각나는 사람 하나 있습니다
항구도시 시외버스 터미널에서
구두를 닦는 후배 덕현이가 떠오릅니다
고아로 자란 그는 작은 아파트에서 홀로 살아갑니다
어느 날인가 터미널에서 그가 한 말이 떠오릅니다
"형님 고독이 뭐예요?
고독을 왜 씹는다고 하나요?
시인인 형님이 알려주세요?"
인간은 누구나 고독하고 슬픈 존재일 뿐이라고
변명 같은 답을 해줬습니다
"형님! 저는 출근할 때 형광등을 켜고 출근한답니다"
왜냐고 이유를 묻자,
덕현이는 희미하게 웃으며 내게 말을 했습니다
퇴근 후, 호올로 집에 가 아파트에 불이 켜져 있으면
누군가 나를 기다리고 있을 것 같아 습관처럼 불을 켜고
출근한다는 얘기였습니다
그 말은 오래도록 내 가슴을 쳤고
먹먹한 울림으로 남아 있습니다
외로움은 사랑의 깊이에 따라 달라지듯이

외로움 자체도 사랑하는 사람이 있구나 생각해 봅니다
텅 빈 숲에 남겨진 비 맞은 의자의 쓸쓸함을 생각합니다
고독의 끝은 어디인가 조용히 눈을 감아봅니다

*양덕현: 양덕현은 임사체험을 겪은 실존 인물입니다

바람 부는 언덕에서

산 높아 골 깊어라
강 넓어 물 깊어라
하늘 아래 땅이 있고
꽃이 피면 지듯이
세상사 음과 양
슬픔이 지나가면
기쁨이 오고
기쁨이 지나가면
슬픔이 오는 게
너와 나의 운명이라
영원한 것도
무한한 것도 없으니
홀연히 살다 가는 게
우리네 삶이라면
베풀고 또 베풀어
나누다 가는 것이
나의 기쁨이어라
먼지가 되어도
바람에 날려도
이 우주의 혹성 중

지구라는 별에서
한번 살았다는 것뿐,
이것이 인생이라면
말없이 침묵하리라
두 번 다시 살 수 없기에…
오늘 밤도 별이 뜨고
바람 불겠지

아 이제 어디로 가지?

비호감

군산에 사는
마흔다섯 살
덕현이의 전화를 받았다
오늘 선을 봤다는
노총각 덕현이에게 던진
그녀의 한마디
비호감이란다
"비호감"
그 뜻이 뭐냐고 물었다

늦었으니 그냥 자라고
답해줬다

가을 들판에서

가을이 붉디붉은 것은
사는 것이
부끄러워 부끄러워
소리치는 것이다
가을 들판에 코스모스가
잎을 흔드는 것은
꽃잎 수만큼
행복하라고 하는 것이다
가을 들판에 벼 이삭이
고개를 숙이는 것은
겸손하게 살라는 것이다
사람들아
그대는 부끄러움을 아는가
사람들이여
그대는 진정 타인을 위해
기도해 보았는가
천지가 황금빛으로 물든
가을이 가고 나면
흰 눈이 내린다오

속절없이 흰 눈이

늪

남자가 열 여자 마다하지 않듯
아궁이도 열 나무 마다하지 않는다

사람답게 가는 것

꽃으로 피었다가
꽃으로 지는 게 꽃의 운명이라면
사람으로 태어나 사람답게 가려면
사람들 마음속에 꽃으로 피어나야 한다
내가 죽어 누군가 나를 그리워해야
제대로 살다 간 것이다
그래야 비로소 사람답게 가는 것이다

접촉 사고

동부 간선도로에서
뒤차에 받혔다
단단하던 범퍼가 빠개졌다
내 마음도 가뭄의
논처럼 갈라졌다
뒷목도 크게 울렸다
눈알 튀어나올 듯, 아프다
받은 렉스턴 멀쩡했으나,
받친 싼타페 쭈그러졌다
하늘은 파랗고
내 몸은 퍼렇게 되었다
살면서 이렇게 죽을 수도
있었다
가해자는 보험처리라는
말을 남기고 사라져 갔다
하늘이 도와 살았는가
성부 성자 성령으로
아멘이다

불현듯,

어릴 적
십자가 성호를 긋던
신엘리사벳
어머니가 그립다

게미

싱거운 사람은 싫다
맛이 없는 사람은 싫다
술에 술 탄 듯,
물에 물 탄 듯,
그런 사람은 싫다
사람은 구성지고 정겨워야 좋다
이십 년 숙성된 조기젓같이
맛을 내는 사람이 좋다
꿀꺽 침이 넘어가도록
사람은 "게미"가 있어야 한다

메밀꽃 필 무렵

메밀꽃 피는 달 밝은 밤이면
가버린 사람 생각이나
창밖의 실루엣 하나 서성대는 밤
출렁이는 꽃 파도가 춤을 출 때면
백학(白鶴)의 바다에 눈물을 닦고
추억의 조각배를 띄워 보라
솜 눈이 내려앉은 꽃밭에 누워
스르르 눈을 감아 꿈을 꿔 보라
머언 기억의 꿈같은 날들아
적막과 그리움 타는 꽃들아

에로스

겨자씨도 마음이 있죠
해오라기도 하나의 마음이 있죠
그 마음은 바로
사랑이라는 정거장이죠
세상의 모든 풀과 꽃과 나무도
한곳을 향해 마음이 멎죠
그 마음은 바로 그대 향한
골똘한 생각이기 때문이죠
살아 숨 쉬는 모든 것이
바로 너 때문이기에
오롯한 마음이기에
단 하나의 고장 난 시계처럼
너에게 멈추어 바라볼 뿐이죠

경주 최부자 댁

경주 최씨 며느리는
시집온 지 삼 년간
무명옷 입었더라
근검절약 아름다웠더라
읍내 나갔다가
똥이 마렵거든
꾹 참고 집에 와
호박 구덩이에 넣더라
호박이 주렁주렁
최부자 댁 이유 있었더라

외출

차를 몰고 어디론지 가보렵니다
햇볕이 따사로운 한적한 강가도 좋아요
비 내리는 바닷가 작은 등대도 좋아요
밤새 꿈속에서 알 수 없는 악몽에 시달렸어요
간결하게 살지 못한 마음의 죄이겠지요
살다 보니 상처를 받는 일이 너무 많아요
이런 날 어디론지 나를 추스르러 떠나야 해요
지나고 보면 사무치게 그리운 날들이 있어요
지나고 보면 사무치게 그리운 사람이 생각이 나요
다시는 돌아오지 않는 날들이에요
세상은 변하고 사람도 변해가네요
이제서야 알았어요
풀 한 포기 꽃 한 송이가 얼마나 소중한지를 알았어요
그런 오늘 그저 하루를 감사하며 살아야겠지요
다시는 돌아오지 않는 날들 추억도 소중히 간직해야죠
중저음의 음악을 들으며 떠나렵니다
갈대꽃이 자늑자늑 흔들리는 강변에서
내 마음도 차분하게 정돈해야죠
이제는 단순하고 정갈하게 살아가야죠
들꽃처럼 소박하고 욕심 없이 살아가야죠

후회는 이제 이별해야죠
내가 아는 모두를 아끼며 살아가렵니다
차를 몰고 어디론지 떠나렵니다

오리무중(五里霧中)

꿈에 친구 양수를 보았다
우리 어머니 집이다
양수, 어머니, 나
셋이서 도란 도란
얘기하며 놀았다
허름한 단칸방을
방문한 양수가 고마웠다
신문을 보고 있는
양수에게 우리 집까지
바래다 달래고 하니,
양수가 그러마 했다
양수 집은 삼십 분
나의 집은 한 시간
오 리 십 리도 넘는 곳을
바래다준다 하니
고맙기 짝이 없다
양수가 신문을 보다가
오리무중(五里霧中)이 뭐냐고
물어와
오리가 안갯속에 있다고 답해줬다

크게 웃는 양수가
오 리(里)나 되는 짙은 안개 속이라
설명해 준다
헤어질 시간이다
마늘 씨를 까다가
우리를 보며 걱정하는
어머니의 모습이 선명하다
서로 웃다가 깼다

그곳으로 가라

삶이란 여행이라
자아를 찾는 여행이라
한없이 고요한 곳
그곳으로 가라
염소랑 양이 있는 곳
쉽게 웃음을 팔지 않는 곳
그곳으로 가라
한번 정을 주면 정 떼기
어려운 곳
그곳으로 가라
산다는 것은 끝없는
기행을 찾아가는 것이다
꽃과 나무가 있는 곳
사랑과 평화가 있는 곳
그곳으로 가라
온전히 자연과 하나가 되는 곳
그곳이 천국이다
마음과 마음이 평온하게 닿는 곳
그곳으로 가라

살아보니

참 힘들게 살아왔다
종착역까지 가면
뭐가 있겠지 생각했다

살아보니 별거 없었다
이렇게 살다가 가는 것인데
너무 버둥거렸다

들판에 꽃들이
바람에 흔들린다

제4부

용산역에서

새창이 다리

새창이 다리를 제대로 부르려면
쇠챙이 다리라고 불러라
김제 하고도 청하면에
망둥어가 튀고
숭어가 노니는 아득한 곳
만경강 물은 유유히 흐르고
갈대가 서걱대는 곳
동서남북 사방팔방
바람의 노래가 이는 곳
쇠챙이는 청하다리였던가
뼈아픈 질곡의 역사이런가
우리네 아배가 하릴없이
막걸리 사발에 눈물을 뿌려
서러움 담아 마시던 곳
아 그곳에 가고 싶다
아 그곳에 눕고 싶다
아버지의 흔적을 찾아가리라
벌판에서 노래를 불러
아배의 혼백(魂魄)을 부르리라

어이 어이 휘어어 허어 허이야~
휘이 어허 허이 허야 허어

꿈

두 번이나 자다가 깼다
뭔가 꿈을 꿨는데
자고 나면 잊어버린다
출근길 아파트 놀이터엔
서너 마리의 비둘기가
땅바닥을 쪼아대고 있다
가까이 가 보면 먹을 것도 없다
유치원 사내아이가
비둘기를 잡으려 하자
퍼드득 퍼드득
날았다 앉았다 반복을 한다
잊어버린 꿈을
생각하려다 상실된 나를 본다
비둘기를 잡으려는 소년을 본다
달아날 만큼만 움직이는 비둘기
평행선을 이루는 시소를
바라보며 출근을 서두른다

한남공원 묘원에서

단칸방에 살던 때가
행복했다고
죽어 또 만나라고 납골당이
생겼다
명절도 아닌 평일
이미 자리 잡은 부모를
만나러 산소에 왔다
언젠가는 저 귀퉁이 자리에
들어가리라
묘원은 숲처럼 고요하다
농부는 이 세상 최고의 행복이
마른 논에 물 들어가는
것이라고 했다
우리네 부모는 아이들 입에
밥 들어가는 것이라 했다
묘지에 와서 부질없이
비석을 쓰다듬는다
그때는 몰랐다
철이 없어 몰랐다
제사를 지내 무엇 하나

벌초를 해 무엇 하나
다시 살아오신다면 잘
해드리고 싶건만,
아무것도 드릴 수 없구나
하릴없이 서성대다가
그리운 얼굴 사무치다가
따라 놓은 막걸리
내가 마시고
마른 풀 털고 일어섰다
나이 들어 이제야 알았다
연극이 끝난 뒤 노래는
들리지 않는다는 것을

달의 몰락

비가 내리던 밤이다
달이 뜰 리가 없다
무단횡단을 하던 노인이 픽 하고 쓰러졌다
화물트럭이 휘이익 지나간 뒤의 사망사고였다
안개 낀 새벽녘이었다
검은 옷을 입고
새벽 기도를 가던 여자가 무단횡단을 했다
편도 이 차로에서였다
로드킬로 죽어있는 노루도 무단횡단이었다
암내 난 길고양이도
야~아~아~옹
외마디도 지르지 못했다
개죽음 되어버렸다
비 오는 날,
안개가 끼는 날,
달은 뜰 리가 없었다
널브러진 검은 장미 한 송이에 빗방울이 떨어졌다
박쥐 떼는 동굴로 들어가 몸을 숨겼다
코로나는 온 천지를 덮었고
돌림병을 막고자 사람들은 입마개로 얼굴을 가렸다

누가 누군지 알 수가 없었고
햇볕에 비춘 고드름처럼 눈만 번뜩였다
영안실에 울음소리 터졌으나
너덧 살 먹어 보이는 오누이가 천진하게 놀고 있다
하이얀 국화 길게 늘어져 복도에 향기가 퍼졌다
넋 잃은 상주들 사이로 육개장 한 그릇 말없이 탁자에 놓였다
산다는 게 황망한 일이다
화무는 십일홍이요
권불은 십 년도 안 되었다

달의 몰락이었다

고춧잎 김치

나 어릴 적 우리 어머니
해마다 고춧잎 김치
담갔는데,
고춧잎을 잘 씻어서
소금물에 삭혔다
잎이 노래질 때까지
소금에 절였다가
노랗게 익으면
고춧잎을 물에 담가서
소금기를 간조르름하게
빼곤 했다
물기가 다 빠진 다음
황새기 젓갈 한 움큼
곰삭은 놈으로
팍팍 버무려 담근 다음
생강 이파리를
단지 위에 덮고
중간 정도의 파독을
꽉꽉 눌러
뚜껑을 덮으면 끝이었다

밥맛없을 때,
우리 아버지 큰 기침 한번 하면
가끔씩 올라오곤 했다
눈 내리는 어느 날이면
어머니는 내린 눈을 걷어내고
팔을 걷어붙이고
고춧잎 김치를 꺼내어
식탁에 얹어 놓았다
묵은지 항아리 옆에 있던
고춧잎 김치는
눈빛이 반짝거리는 소년의
주마등 이야기다
아 아
짭조름한 그 맛이 그립다
흘러내린 국물을
행주로 훔치던 울 어매가
사무치게 그립다

소년

소년으로만 사는
남자가 있었다
열 살이 되어도
스무 살이 되어도
그리고
머리에 하얗게 눈이 내려
육십이 넘어도
소년은 소년으로만 살았다
눈 내리는 어느 날,
사람들이 그에게 물었다
눈이 녹으면 뭐가 되냐고
사람들은 모두
물이 된다고 하였다
늙은 소년은 말했다

봄이 온다고…

교도관의 증언

사형 집행하는 날
교도관의 호명 소리에
영화처럼 순순히 끌려 나오는
사형수를 보았는가
아니라고 했다
소가 도살장 끌려가듯
버팅기고 버팅긴다 했다
심지어 수차례 호명해도
침묵하다가
강제집행까지 간다고도 했다
잠깐의 시간이라도
단두대 버튼을 누를 때까지
살아보려 한다는 것이다
호명하는 순간 머리털이 서고
동공이 열리고 부들부들 떤다는 것이다
살아있는 모든 것들은
녹녹히 쉽게 가지 않으려는 것이다
찰나의 순간은 얼마나
소중한 것인가
가을날 마지막 잎새도
쉽게 떨어지지 않는 것이다

명절을 쇠다

명절이란 벌통에 벌이 모이듯
온 가족이 모이는 것이다
집 나간 벌들이 여왕벌에게 꿀을 따오듯,
어머니라는 여왕벌을 찾아 방방곡곡
붕붕거리며 달려오는 것이다
명절이 끝나면 또다시 꿀을 따러
나가지만
명절은 왔다가 가는 바람처럼,
밀물과 썰물로 영원을 교대하면서
그리움으로 찾는 것이다
산자는 보고 싶어 미소 짓고
죽은 자는 추억으로 눈물짓는 것이다
열 손가락을 깨물어 보라
아프지 않은 손가락이 없다
부모라는 존재는
자식이 기쁘면 푸른 산처럼 기쁘고
자식이 슬프면 멍든 바다보다 더 슬픈 것이다
인생(人生)이라는 길목에서
부모의 마음을 알 때,
비로소 명절의 의미를 아는 것이다

그러나,
부모가 없는 고향은
어머니가 없는 명절은
가슴에 숭숭 구멍이 뚫려
겨울 바닷가를 쓸쓸히 걷는 것이다
명절을 쉰다는 것은
외로운 바람과 한 몸이 되어야 하는 것이다

유명시인

고문 후유증으로 시인이 죽었다
남겨진 시인의 미망인은
생활고에 시달렸다
시인에게는 절친 후배가 있었다
그는 유명시인이 되었다
돈도 벌고 교수도 되고
문학대상도 받았다
몇 년 후인가
죽은 시인의 미망인도 암 투병으로
힘들게 버티다가 갔다
가기 전 그녀에게 물었다
유명시인이 한 번이라도 다녀갔느냐고
그녀는 미소만 지었었다
장례를 치르고
삼우제(三虞祭)날에
미망인의 사진첩을 정리하는데
텔레비전에 유명시인이 나왔다
그는 인간성 상실에 대해
세상을 엄중히 꾸짖고 있었다

나는 미망인의 남겨진 사진을
바라보다가
조용히 티비를 껐다
사진 속 미망인의 미소가
너무 해맑았다

임재상

어젯밤 꿈속에 너를 보았다
그리움이 쌓여 바윗돌 되면
동해바다 한가운데 너를 던지마

나이 들수록

나이 들수록 흙과 살아야
나이 들수록 산과 살아야
나이 들수록 강과 살아야

나이 들수록 눈을 감아야
나이 들수록 귀를 막아야
나이 들수록 입을 닫아야

나이 들수록 웃고 살아야
나이 들수록 지고 살아야
나이 들수록 비워 살아야

나이는 먹은 만큼 값을 해야

고인(故人)

고인의 명복을 어떻게 비는지
고인의 명복을 어떻게 빌어야
하는지 그것을 모르겠다
밤 깊어 골똘히 고인을 생각한다
"삼가 고인의 명복을 빕니다"
삼가라는 말에 고개만 숙인다
창가에 밤바람이 나뭇잎을 흔든다
달도 푸르게 젖어 침묵하고 있다
밤바람이 안내하는 별빛도

설국(雪國)

언제부터인가
사람다운 사람이 없는 세상 되었다
심장이 식어버린 사람들뿐이다
더 이상 숨 쉴 수 없는 곳 되었다
하얀 눈이 내리는 청정의 나라
그곳에서 숨 쉬고 싶은 것이다
아무도 찾지 않은 소나무 숲에서
새 발자국만 찍힌
고요한 숲에 눕고 싶다
맑디맑은 고드름으로 얼고 싶다

온갖 거짓 난무한 시멘트 숲을 벗어나
시계 초침 옥죄는 도시를 탈출하여
악령의 소리 귀를 막고 눈을 감으며
고요히 흰 눈을 맞고 싶다
새들이 노래하는 옹달샘 찾아
퐁퐁퐁
떨어지는 소리 들으며
흰 눈 속의 동백꽃으로 붉게
피어나고 싶다
설국에 갇히고 싶다

죽음이 두려운 것

죽음이 두려운 것은
인간의 존재가 완전히
소멸돼서 가 아니라
내가 사랑하는 존재들과
이별을 해야 하기 때문이다

죽음이 두려운 것은
만질 수 없고
볼 수 없는 절망
공허로운 상상과
무한한 슬픔 때문이다

죽음이 두려운 것은
모진 날 응어리진
알갱이들의 충돌하는 소리가
핏줄의 땡김을 갈라놓고
사라지는 것 때문이다

죽음이 두려운 것은
눈물로 덮을 수 없는

추억이라는 환형(幻形)이 떠올라
가슴을 찢어놓고
아프게 하기 때문이다

떨이 인생

경동시장 뒷골목에 가면
리어카에 야채 장사를 하는 할아버지가 있다
어르신을 안 지는 십 년도 더 넘었다
할멈의 약 값을 벌기 위해
장사를 하는 어른은 팔순을 넘겼다
어느 날 아침이던가
시장 골목에서 만난 할아버지가 날 보며 환하게 웃는다
하나 남은 윗니는 허공에 동동 매달려 있고
리어카에는 배추 두 단과 무우 두 개가 누워 있다
얼마냐 물으니 이만 팔천 원이라 한다
지갑에서 삼만 원을 드리니 이천 원을 거슬러 준다는 거다
옥신각신 받아라 안 받는다 다투고 있다
이천 원 더 주는 게 얼마나 뿌듯한 일인가
흥정이 끝난 빈자리에는
비둘기 두 마리가 무엇을 먹으려는지 땅바닥을 쪼아대고 있다
어른을 만나면 참 편안하다
마치 거미줄이 친 재래식 변소에 앉아 볼일을 보듯
간이역에 피어 흔들리는 코스모스를 보듯 한가롭기만 하다
이상한 일이다

허름한 중국집에서 낡은 그릇에 담긴
짜장면을 비빌 때도 평온하고 행복했었다
전생이 있다면 분명코 나는 가난한 뗄이 인생이었으리라

용산역에서

부재중 신호가 거듭되다가 그의 음성을 들었다
낮은 음성의 부고(訃告) 소식을 듣고 길을 나섰다
분명 어깨를 들썩이듯
수화기 속의 음성은 울먹이고 있었다
절친의 부친상(父親喪)이다
오래 견딘 서어나무처럼
생명력 강한 음수(陰樹) 하나가
쿵 하고 무너져 내렸다
눈 내린 한낮에 차갑도록 창연한 하늘을 보라
처마 끝 걸려있는 서늘한 낮달을 보라
낮달의 밝음은 낮에는 알아채지 못하였는데
눈 위에 달이 뜨듯
생명 하나가 차갑게 식어 안녕을 고하고 있다
세월이라는 것은 계절이 돌고 돌아서
누군가를 그리워하다가 후회로 끝나는 것이다
이제 남겨진 자들은 눈밭을 걸으며 낮달을 보리라
고인은 이미 불새가 되어 낮달 뒤에 숨었고
글썽이는 눈동자는 한참 동안 빈 하늘을 올려다본다
짧든 길든 한 생(生)이 간다는 것은 우리를 슬프게 한다

개찰구의 금속성 쇳소리가
차갑게 나를 밀어내고 있다

꿈같은 생(生)

꿈같은 생(生)이 가고 있다
한 줌 맑은 바람이여
꿈같은 생(生)이 가고 있다
한 잔 맑은 정화수(井華水)여
연분홍 꿈 봄날에 아득하더니
여름이 가는 듯
가을이구나
가을이 오는 듯
겨울이구나
모든 것이 무(無)로 돌아가는 생(生)
남겨진 날들이 바람처럼
물처럼 부유(浮遊) 하다가
어느 처마 끝에 서성대려나
지우고 태워도 생각나는 건
들판에 피어나는 한 송이 꽃이었나
피었다가 호올로 져도 누가 아는가
꿈이란 정녕,
이름 석 자 새기다가 가는 것이니
인생(人生)이란 흐르는 세월 속에
잠시 즐기다가 잠드는 것이니

하아얀 거짓말

새 옷을 사려고 거울을 보니
옷매무새가 영 아니다
늙어 거울을 보니, 젊어 얼굴이 아니다
아무리 버둥거려 골라 입어 봐도
길면 긴 대로 짧으면 짧은 대로
젊어 폼 났던 몸은 온데간데없다
오달진 각오로 운동을 해볼까나
거울 속의 아줌마가 웃프게 서 있다
옷 가게 점원 아가씨 다가와 하는 말
"사모님 거울에 웬 처녀가 서 있네요?"
하아얀 거짓말에 그만 지갑이 입을 열었다

국과수

서울의 서쪽 끄트머리
양천구 신월동 국유지 야산에 국과수가 있다
국과수는
국어 과학 수학의 약자가 아니다
국과수는
국립과학수사연구원이다
산 자와 죽은 자
남겨진 자와 가버린 자의 경계에 서서
영혼의 아픔을 어르고
진실을 찾아 혼신의 힘을
다하는 거룩한 직업이다
국과수는
사건 사고의 중심에 서서
낮과 밤이 없이
진실을 밝히는 과학의 힘이다
국과수는
억울한 영혼을 달래고 눈물을 닦아주는
어머니의 일이다
과묵하고 든든한 아버지의 일이다
국과수의 불은 쉽게 꺼지지 않는다

현수막

길을 가다가 현수막을 봤다
육십 세 이상 어르신은
어쩌구저쩌구 쓰여있었다
아직 젊다고 생각한 것은
내 생각뿐이었다
어느새 어르신 되었다

택배 선물

워매 이게 뭐시랑가
춘분(春分)에 택배 상자 큰 놈이
멀고 먼 군산 앞바다에서
서울까지 날아왔다

시집 출간을 축하한다며
신문사 선배가 일을 저질렀다
그 정성 한 상자가 사무실 창고에
흐드러져 누웠다

갈치며 조선 박대며 조기 새끼가
초롱초롱한 눈을 뜨고
비릿한 갯내음으로
갈매기를 부르고 있다

만져 보고 뒤집어 보고
차고 넘치는 정내음이
춘분에 내리는 함박눈 사이로
봄 향기 되어 퍼져 나간다

청명(清明)에는 봄꽃들이
싸구려 원피스 입고
춤추듯 나부끼며
여인의 속을 뒤집어 놓을 것이다

영생(永生)

사는 게 희망이 없다고
사람들의 이중성이 싫다고
모든 게 꼴 보기 싫다고
사내가
제3한강교에서 뛰어내렸다
떨어지는 순간,
쌩뚱맞게 혜은이가 생각났다
두 번 세 번
허나
연거푸 실패했다
죽지 않았다
여기저기 전화가 오고
세상에 이런 일이에서도
섭외가 와 유명인사가 되었다
한 번 더 뛰어내리라는 권유도 있었다
하여,
고심 끝에
비가 오는 날 인적이 드문 심야에
죽기 좋은 시간을 택해
다시 시도했는데

재수 없게 또 안 죽었다
그 누구도
하지 못할 영생(永生)에 성공한 것이다

개구리

높이 뛰려면
무릎을 굽혀라
잠시 쉬었다가
멀리 보아라
팔을 흔들고
죽을힘을 다해서
힘차게 도약해라
세상은
내가 먹을 것보다
네가 먹힐 것이 더 많단다

겨울동화

눈 비벼 일어나
창문을 여니
간밤에 하이얀
눈이 왔네요
모두가 잠든 밤
내렸나 봐요
소복이 내린 눈 밟으며
걸어볼까요
복숭아뼈 발목까지
푹푹 빠져요

눈 내린 설경에
홍매를 보니
꽃망울 감추고
눈이 왔네요
새들도 일어나
노래 불러요
하늘 숲 내린 눈
바라볼까요
강아지 깡충깡충
뛰고 있어요

겨울나무

한 결 한 결
나이 들어라
꽃무늬 나이테처럼

낮에는 해 보며
밤에는 달 보며
바람꽃 필 때까지

바람 불어도
눈 내려도
그 자리 그 모습으로

천 점 만 점
눈 내려라
숲속의 눈처럼

가신 님 그리며
떠난 님 꿈꾸며
청노루 올 때까지

온 세상 하얘져도
온 세상 까매져도
그 얼굴 그 마음으로

소쇄원

소쇄원에 가면
그냥 거닐면 된다
봄은 봄대로
여름은 여름대로
천천히 거닐면 될 일이다
바람에 날리는 매화를 보며
서걱대는 댓잎을 보며
그냥 거닐면 될 일이다

소쇄원에 가면
그저 바라보면 된다
가을은 가을대로
겨울은 겨울대로
차분히 바라보면 될 일이다
단풍비 내리는 정원에 앉아
눈 덮인 정자에 앉아
그저 바라보면 될 일이다

소쇄원에 가면
한마디 말이 없어도 된다

담양 끝자락의 그곳은
혼자 가도 좋고
둘이 가면 더 좋은 곳이다
소쇄원이라는 곳은
눈을 감고 가만히 있어도
좋은 곳이다

감악산의 꿈

감악산에 올라
북녘 임진강을 바라보라
누가 감악이라 불렀는가
스치듯 지나가는 사람을 보라
숯쟁이의 실루엣을 보라
숯가마에 그을린 참숯에게
묻노라
너희는 무엇을 꿈꾸었는가
참 세상 구우려고
움막에 살았는가
오랜 세월 숯을 굽던
숯쟁이의 꿈은 어디로 갔는가
참게 잡던 어부들은
임진강의 신기루였는가
이념(理念)의 강물은
두 줄기 눈물로 흐르고
오늘도 말없이 흘러만 간다
남과 북의 탯줄 같은 강물은
갈라지고 찢기어
서럽게 흐르는가

애간장을 태우며 견뎠던
무수한 질곡의 날들이여
진달래꽃 춤추는
사라진 꿈들이여
임꺽정의 노래는
아직도 강물 되어 흐르건만
숯쟁이의 꿈은 까마귀로
울부짖고 있다

연금술

맑은 언어로 술을 빚어 마시려 한다
둥근 항아리 뙤약볕에 앉히려 한다
폐부를 뚫는 바람 한 점
붉게 흐르는 눈물 한 점
꽃과 나무, 벌과 나비 고르게 섞어
비금속을 귀금속으로 만들려 한다
살아 꿈틀거리는 욕망의 숲에 모두 모여라
조금은 취해도 좋아라
허리띠는 헐거워도 좋아라
너를 짓누르는 삶의 무게를 내려놓고
내가 누구인지 서로를 얘기해 보자
오늘 밤 별이 뜰 때까지
살아온 날과 살아갈 날을 얘기해보자
맑은 공기 안주 삼아 마셔도 좋아라
취하지 않으면 살 수 없는 이 밋밋한 세상을…
미치지 않으면 견딜 수 없는 이 황량한 세상을…
가슴이 뜨거운 사람들아 모두 모여라
우리 모두 조붓하게 모여 노래 부르자
발칙한 세상 마셔버리자
시인은 꿈을 꾸며 떠나는 양치기 소년인 것이다

은 노을 저무는 사막의 끝을 걷는 것이다
시인은 언어로 술을 부르는 연금술사가 되는 것이다

선잠

진눈깨비 내리는 새벽녘
아파트 경비 아저씨가 잠을 깨운다
물청소한다 차를 빼달라 이것이렷다
엉거주춤 일어나 차를 빼러 나섰다
입은 닭 똥구멍처럼 튀어나왔다
시동을 켜는데 차량 밑에
애꾸눈 고양이 한 마리
선잠을 깨고 나를 바라본다
야~아~옹
잠을 깨운 아파트 경비 아저씨
고양이를 깨운 나
피장파장 아닌가
나는 한쪽 눈을 감아
달아나는 괭이를 향해 소리를 낸다
야~아~옹

진눈깨비는 사납게 내리고 있다